La corruption a été longtemps perçue comme l'apanage des pays en voie de développement. Il faut dire que les grandes démocraties modernes ont gravé dans le marbre des principes qui paraissent immuables, de la Déclaration des droits de l'homme et du citoyen de 1789 à la Charte des droits fondamentaux de l'Union européenne. Cependant, nous avons perdu le réflexe de défendre ces principes tant ils semblent acquis. Il s'agit pourtant d'une mystification car ces principes sont en réalité très fragiles. La démocratie doit en permanence être protégée et secourue, car elle est confiée à des femmes et des hommes imparfaits, y compris dans leur rapport au pouvoir.

Le combat contre la corruption consiste à opposer à cette nature humaine imparfaite un contrôle citoyen intransigeant et à favoriser des contre-pouvoirs vigilants. Comme l'écrivait l'anticonformiste Georges Bernanos, « il faut beaucoup d'indisciplinés pour faire un peuple libre[1] ». Soyons donc indisciplinés et reprenons ce pouvoir citoyen qui nous a été confisqué.

1. UN COMBAT CITOYEN

UN ENNEMI À ABATTRE, LA CORRUPTION

La Déclaration des droits de l'homme de 1789 ne s'y est pas trompée en proclamant, dès la première phrase de son préambule, que « l'ignorance, l'oubli ou le mépris des droits de l'homme sont les seules causes des malheurs publics et de la corruption des gouvernements ». La corruption est donc l'ennemie jurée de la démocratie et la garantie des droits de l'homme, la meilleure arme pour la combattre.

Selon le Conseil de l'Europe, la corruption est « une menace pour la prééminence du droit, la démocratie et les droits de l'homme, sape les principes de bonne administration, d'équité et de justice sociale, fausse la concurrence, entrave le développement économique et met en danger la stabilité des institutions démocratiques et les fondements moraux de la société ».

On dit toujours que « le pouvoir corrompt ». Nous constatons chaque jour à Anticor à quel point c'est vrai. Peut-être que notre système politique évoluera un jour vers davantage de démocratie directe, mais en attendant, faute de meilleur système, il faut que le pouvoir arrête le pouvoir. Le pouvoir appartient normalement au peuple dans une démocratie, mais il n'est pas toujours facile pour les citoyens de l'exercer.

La corruption est définie comme l'action de soudoyer quelqu'un, de pervertir, d'altérer. C'est fondamentalement un abus qui implique un détournement du pouvoir confié à un responsable politique ou administratif à des fins personnelles. Dans un sens strictement juridique, la corruption est un délit commis par une autorité publique, une personne investie d'une mission de service public ou un élu qui sollicite ou agrée sans droit, directement ou indirectement, offres, promesses, dons, présents ou avantages pour accomplir ou s'abstenir d'accomplir un acte relevant de ses fonctions ou facilité par celles-ci.

Lorsque l'on parle de corruption au sens large, on fait référence aux atteintes à la probité, qui recouvrent la corruption, mais aussi le trafic d'influence, la prise illégale d'intérêts, le détournement de biens publics, le favoritisme et la concussion.

Depuis les années 2000, les citoyens ont progressivement pris conscience de l'ampleur de la corruption en France. Cela se traduit généralement par de la colère, voire du mépris contre une classe politique qui a laissé de nombreux scandales discréditer son action, sans faire grand-chose pour y remédier. L'abstention massive et le fatalisme électoral que nous connaissons sont une conséquence silencieuse mais brutale de cette colère.

Beaucoup de citoyens finissent par s'abandonner au « tous pourris » et aux discours populistes. À Anticor, nous savons que tous les élus ne sont pas pourris mais qu'au contraire l'immense majorité a l'éthique chevillée au corps et exerce ses fonctions dans des conditions laborieuses. Nous avons choisi un combat difficile : plutôt que d'alimenter la défiance des citoyens envers leurs élus, nous nous battons pour que la confiance reprenne du terrain. Nos actions en justice, qui ont donné une certaine notoriété à notre petite association, peuvent contribuer à alimenter ce sentiment de « tous pourris ». Ce n'est pas notre but : notre objectif est d'écarter de la vie publique les responsables politiques qui déméritent et de promouvoir une culture de l'exemplarité.

Nous avons vigoureusement milité pour que la détention d'un casier judiciaire vierge d'infraction à la probité soit une condition pour se présenter à une élection. Emmanuel Macron s'était engagé à faire passer cette mesure. Il ne l'a pas fait. Il n'a pas non plus fait de l'exemplarité une qualité *sine qua non* pour faire partie de son gouvernement mais a, au contraire, « assumé » les nombreux dossiers et soutenu ses ministres mis en cause. La bataille culturelle en faveur de l'éthique ne semble pas gagnée au sein de l'exécutif. Mais si les citoyens en font leur cheval de bataille, alors peut-être peut-on espérer une réelle transformation de nos institutions.

NOUS SOMMES TOUS VICTIMES

Nous ne nous percevons pas forcément, en tant que citoyens, comme victimes de la corruption. Pourtant, nous le sommes sans aucun doute.

Il est incontestable que la corruption est systémique en France et qu'elle impacte notre quotidien. Nous en subissons tous les effets, en payant plus d'impôts, en bénéficiant de moins de services publics, en vivant des injustices. Nous sommes victimes parce que la corruption a un coût, que nos impôts viennent compenser. Un rapport européen a évalué son coût à 120 milliards d'euros par an en France[2]. Il s'agit seulement d'une évaluation bien sûr, car il est impossible de chiffrer précisément un phénomène par nature occulte. Mais cela donne une dimension du problème et interroge sur les faibles moyens mis en place par le gouvernement pour lutter contre ce virus qui pèse à ce point sur les finances de l'État.

Ce n'est pas le seul signal envoyé par nos institutions. La France était en 2021 au vingt-deuxième rang du classement mondial de la perception de la corruption de Transparency International, juste devant les Émirats arabes unis. L'OCDE, dans son rapport du 14 décembre 2021, tout en saluant la création du Parquet national financier, juridiction spécialisée dans les affaires politico-financières, alerte sur la faiblesse de ses moyens. Ce parquet ne dispose en effet à ce jour que de dix-huit magistrats chargés de lutter contre des réseaux puissants. Quand on veut savoir s'il existe une réelle volonté politique de lutter contre un phénomène, il suffit de regarder les moyens alloués à cette lutte. En matière de lutte contre la corruption, la réponse institutionnelle est exceptionnellement décevante. Dans un rapport de janvier 2020, le Groupe d'États contre la corruption (GRECO), qui est une institution du Conseil de l'Europe, exhortait la France à renforcer son arsenal anticorruption. Il faut écouter ces signaux, qui sont sérieux et alarmants.

Nous sommes victimes parce qu'un État corrompu est un État défaillant, qui échoue à fournir des services publics de qualité et qui crée de nombreuses injustices.

Quand un maire place ses proches à des postes de responsabilité dans l'administration communale, il génère un double préjudice. D'abord, une inégalité d'accès aux emplois publics car d'autres, plus compétents, auraient pu obtenir ces emplois. Surtout, un préjudice pour la communauté, dont on confie les intérêts à des personnes qui n'ont pas été choisies pour leurs qualités, mais pour leur proximité avec celui auquel a été confié le pouvoir de les choisir.

Cette pratique est sanctionnée par la loi : c'est le délit de prise illégale d'intérêts, qui consiste à prendre une décision pour la collectivité alors que des intérêts privés, ceux des proches en question, viennent interférer avec l'intérêt général.

Il arrive aussi que ces proches ne travaillent pas du tout. Dans ce cas, il s'agit d'une autre infraction pénale : le détournement de fonds publics. Car les salaires versés à ces personnes sur fonds publics ne sont la contrepartie d'aucun travail ou d'un travail dérisoire.

Quand un maire vend un terrain non constructible de la commune à l'un de ses proches pour quelques euros et qu'à la suite de la vente, il adopte des règles qui le rendent constructible et donc augmentent considérablement sa valeur, ce sont les administrés de la commune qui subissent un préjudice financier. Car ce terrain aurait dû être vendu à sa juste valeur, et le prix de vente, utilisé dans l'intérêt de tous les habitants de la ville. Cette manipulation appauvrit la collectivité, qui aurait besoin de ces ressources pour bien d'autres choses, par exemple pour construire des crèches et des routes.

Lorsque le gouvernement autorise la vente et le démantèlement de grands groupes français, il pose la première pierre d'un drame social qui mènera inexorablement à des licenciements de masse. Lorsque ces ventes viennent enrichir des intermédiaires financiers, conseils, banques, à hauteur de centaines de millions d'euros, il est légitime de se demander si le gouvernement protège l'intérêt général ou les intérêts financiers de quelques sociétés proches du pouvoir.

Ces situations sont très fréquentes. Au niveau des mairies bien sûr, des établissements publics mais aussi des conseils départementaux et régionaux, jusqu'aux plus hautes institutions de l'État.

Il faut des garde-fous puissants contre ces abus.

RÉSISTER AUX ABUS DE POUVOIR

Aucun régime, aucune époque, aucun pays n'est totalement immunisé contre la corruption. En revanche, l'intensité de ces pratiques varie fortement. Car la corruption n'est pas seulement le fruit de dérives individuelles ou de la résignation collective. Elle dépend du rapport des élus et des citoyens au pouvoir, de la possibilité d'engager la responsabilité de ceux qui détiennent un pouvoir et de l'importance des contre-pouvoirs.

Une association comme Anticor reçoit une vingtaine d'alertes de corruption par jour, qu'elle traite avec les faibles moyens dont elle dispose. Son travail quotidien consiste à déceler les abus du pouvoir, souvent avec l'aide de lanceurs d'alerte, à monter des dossiers en réunissant les preuves nécessaires, à identifier quelles infractions pénales ont pu être commises et, enfin, à prévenir le procureur de la République afin qu'il mette en route l'action publique.

Mais l'histoire ne s'arrête pas toujours là. Le procureur de la République a bien la charge de mettre en œuvre l'action publique, c'est-à-dire d'engager au nom de la société des poursuites contre des personnes suspectées d'avoir commis des infractions pénales. Mais le système institutionnel qui encadre sa fonction ne l'y encourage pas toujours. En France, les procureurs de la République sont hiérarchiquement soumis au ministère de la Justice. Pas comme un salarié à son employeur bien sûr. Ils ne sont pas tenus d'obéir à des directives sur des dossiers, que le ministère n'a d'ailleurs pas le droit de leur adresser.

Ce lien est insidieux. Le ministère de la Justice décide de la nomination des procureurs. De fait, la carrière d'un procureur dépend du gouvernement. En attaquant un personnage proche du pouvoir, un procureur prend le risque de déplaire et d'en subir les conséquences sur sa carrière. Parallèlement, le procureur apprécie l'opportunité des poursuites : cela veut dire qu'il peut classer sans suite, autrement dit, enterrer une affaire. En cas de classement sans suite, seule la victime peut agir pour que les poursuites continuent, en saisissant un juge d'instruction.

Or, nous sommes tous victimes de la corruption dans les faits, sans l'être aux yeux de la justice. Aucun citoyen en France ne peut engager l'action publique en matière de corruption, s'il n'a pas subi de préjudice personnel et direct. À moins que votre voisin ait soudoyé votre maire pour obtenir un permis de construire en violation de la loi, vous n'avez pas subi de préjudice personnel et direct. Votre préjudice, qui est pourtant réel, ne vous appartient pas et vous ne pouvez pas forcer la machine judiciaire si le parquet est réticent ou s'oppose aux poursuites.

Ce système a permis à de nombreuses affaires politico-financières de bénéficier d'un enterrement de première classe. Il a aussi alimenté un sentiment d'impunité très puissant, autant dans l'esprit des corrompus que dans l'opinion publique. Depuis 2013, la possibilité donnée à certaines associations d'agir en justice a changé la donne.

L'AGRÉMENT, UNE ARME CONTRE L'IMPUNITÉ

Des associations se sont mobilisées contre ce système et le législateur a prévu qu'un agrément leur permette d'être considérées comme des victimes, au sens procédural, de la corruption. Cet agrément permet d'exercer une prérogative qui dérange souvent le pouvoir. Les associations qui le détiennent – elles sont trois actuellement – peuvent aller chercher sur le bureau d'un procureur réticent une affaire politico-financière sensible pour la déposer sur le bureau d'un juge d'instruction, constitutionnellement indépendant. C'est ce que l'on nomme la constitution de partie civile. C'est la pièce d'un puzzle qui manquait au système judiciaire. C'est une arme contre l'impunité des puissants.

Tout l'enjeu réside dans l'indépendance du juge d'instruction. En France, il existe plusieurs catégories de magistrats. Au sein de la justice pénale, le procureur, à la tête du « parquet » ou « ministère public », est chargé d'enquêter. Il peut saisir directement un tribunal correctionnel. Il peut aussi, s'il l'estime nécessaire, saisir un juge d'instruction. Ce juge, qui ne peut pas s'autosaisir, fait partie de ce que l'on nomme le « siège », ou la « magistrature assise ». L'article 64 de la Constitution garantit son indépendance en gravant dans le marbre le principe selon lequel « les magistrats du siège sont inamovibles ». Ce principe a vocation à leur permettre de rendre des décisions à l'abri des pressions.

Cela ne veut pas dire qu'ils ne subissent pas de pressions, mais seulement qu'ils ne peuvent pas perdre leur poste ou être mis au placard pour avoir eu le courage de poursuivre des personnalités puissantes. L'agrément a créé un canal entre les citoyens et ces juges indépendants. En contournant le parquet, les associations anticorruption s'assurent qu'il n'y a pas de citoyen au-dessus des lois.

À l'automne 2021, Anticor a plaidé sa cause au procès des sondages de l'Élysée, dans lequel elle avait porté plainte onze ans plus tôt. Au départ, l'association alertait la justice sur les nombreux marchés publics de sondages passés sans appel d'offres par l'Élysée sous le mandat de Nicolas Sarkozy et la direction de Claude Guéant, pour plus de 9 millions d'euros. Le procureur s'opposait aux poursuites.

La défense avait, au début de la procédure, affirmé que l'immunité présidentielle prévue par la Constitution s'appliquait à tous les collaborateurs de l'Élysée. Ce n'est pourtant pas ce que dit ce texte. Il prévoit uniquement que le président de la République n'est pas responsable des actes accomplis en cette qualité. Cela signifie qu'il ne peut pas être poursuivi pénalement. Cela ne signifie pas en revanche que ses collaborateurs soient au-dessus des lois. Et c'est bien normal, comment peut-on imaginer que l'Élysée, cœur du pouvoir exécutif, soit une zone de non-droit ?

La Cour de cassation nous a donné raison. L'instruction a donc continué, sans que Nicolas Sarkozy ne soit inquiété, même si de nombreux sondages n'avaient aucun rapport avec sa fonction. Popularité de Carla Bruni, identité du père de l'enfant de Rachida Dati, aura politique de Dominique Strauss-Kahn : ces sondages avaient manifestement un objet personnel ou partisan et n'auraient pas dû être mis à la charge du contribuable.

Quand l'audience est arrivée, nous avons demandé que Nicolas Sarkozy soit cité comme témoin, pour qu'il explique les processus de passation de ces marchés publics. Des éditorialistes se sont émus de ce qu'un ancien Président puisse être contraint à venir témoigner dans un procès, comme ils s'émeuvent souvent que des puissants soient soumis aux mêmes règles que tous les citoyens.

Nicolas Sarkozy est venu, car il y a été contraint; mais il a refusé de répondre aux questions du tribunal. Ce dialogue entre le président du tribunal et l'ancien chef de l'État était en réalité l'addition de deux monologues qui ne se rencontrent jamais. Le président du tribunal posait une question. Nicolas Sarkozy expliquait que la Constitution lui interdisait de répondre, ce qui est faux. Deuxième question, même réponse. Troisième question, Nicolas Sarkozy demande au Président s'il a bien compris qu'il ne répondra pas. Quatrième question. Nicolas Sarkozy se tait. Il s'abrite derrière un privilège inexistant.

Jusqu'au jour du procès, les collaborateurs du Président ont affirmé qu'il existe une coutume selon laquelle l'Élysée n'est pas soumis au code des marchés publics. Leur défense, du premier au dernier jour, a donc consisté non pas à soutenir qu'ils n'avaient pas violé la loi mais à prétendre qu'ils sont au-dessus des lois. Ces procès sont passionnants à suivre tant ils nous apprennent sur cette nature humaine défaillante, interloquée de devoir rendre des comptes à la justice et, à travers elle, aux citoyens.

L'AGRÉMENT, UN REMÈDE AUX ENTRAVES À LA JUSTICE

Un autre dossier est emblématique de la difficulté pour le parquet d'attaquer le pouvoir. Elle concerne Alexis Kohler, le secrétaire général de l'Élysée, c'est-à-dire un des hommes les plus puissants de France.

M. Kohler a été directeur de cabinet du ministre des Finances (Pierre Moscovici, puis Emmanuel Macron), secrétaire général de la campagne de M. Macron puis secrétaire général de la présidence de la République. À chaque étape de sa carrière, des articles bien documentés de *Médiapart* suggèrent qu'il a profité de sa position pour défendre les intérêts d'une société dont sa famille est actionnaire, et dont il a été, pendant six mois, directeur financier : la Mediterranean Shipping Company (MSC), deuxième armateur mondial. Si les faits étaient établis, l'infraction de prise illégale d'intérêts serait caractérisée.

Anticor a déposé plainte en mai 2018, et le procureur financier a chargé la brigade de répression de la délinquance économique (BRDE) de l'enquête. Le 7 juin 2019, un important dossier était remis au parquet, avec un procès-verbal de synthèse mettant en évidence des éléments précis et concordants sur la base desquels un juge d'instruction aurait pu être saisi et la mise en examen de M. Kohler envisagée.

Cependant, le 1er juillet 2019, un document signé d'Emmanuel Macron, sur papier libre, sans en-tête, est entré en procédure : une « note personnelle à Alexis Kohler ». Le Président atteste que M. Kohler l'avait informé de ses liens familiaux avec la société MSC, qu'il lui avait demandé à ne pas traiter des affaires concernant cette société et il indique que des mesures ont été prises en ce sens.

Tout change alors. Le 18 juillet 2019, un second procès-verbal de synthèse qualifié de « définitif » a été adressé au Parquet national financier, amputé d'une dizaine de pages et de ce qui permettait d'envisager des poursuites. Le 21 août 2019, le procureur a classé l'affaire.

Anticor s'est constituée partie civile et les deux juges qui ont été saisis ont considéré, quant à eux, qu'il y avait matière à continuer l'enquête. Nous ne pouvons prédire l'issue de ce dossier, mais nous avons fait notre part du travail : le déposer sur le bureau d'un juge d'instruction.

UN POUVOIR CITOYEN

L'agrément est une arme, certes, mais c'est une arme fragile. Il ne dure que trois ans et est délivré par le ministère de la Justice. Demander l'agrément au garde des Sceaux revient à lui demander le droit d'attaquer, le cas échéant, un gouvernement dont il est membre. Or, il est pour le moins paradoxal de devoir demander à quelqu'un l'autorisation de porter plainte contre lui.

En 2021, nous avons failli perdre notre agrément, nécessaire pour nous constituer partie civile. Nous avons dû mener un combat difficile et de longue haleine. Notre petite association de bénévoles s'est retrouvée au centre d'une tempête médiatique qui avait manifestement pour objectif de préparer l'opinion publique au non renouvellement de cet agrément.

Pour la première fois, le pouvoir a cherché à débrancher Anticor.

Pendant plus de six mois, tout a été fait pour décrédibiliser notre action, faire douter de nos valeurs, interroger nos motivations et diffamer nos dirigeants. Nous avons alors réalisé que cette petite association, qui aurait pu demeurer un club de juristes, était devenue un contre-pouvoir. Ce contre-pouvoir a été attaqué, sans doute parce qu'il menait des combats trop audacieux. Mais nous ne sommes pas seuls dans ces combats. De nombreux citoyens, dont beaucoup ont adhéré à Anticor, de nombreuses associations et des collectivités, dont Paris, nous ont soutenus.

L'association a finalement obtenu le renouvellement de l'agrément la veille de son expiration, à 22 heures passées, après six mois d'instruction, une soixantaine de pages de questions du gouvernement et de réponses, et une cinquantaine d'articles de presse. Anticor pourra donc continuer, au moins jusqu'en avril 2024, à bousculer le pouvoir, lorsque cela sera nécessaire.

Cet agrément nous a été accordé par le Premier ministre et non par le garde des Sceaux, tout simplement parce qu'il avait l'obligation de se déporter, c'est-à-dire de ne pas traiter notre demande d'agrément. Il avait cette obligation car Anticor a déposé plainte contre lui pour prise illégale d'intérêts.

En effet, en octobre 2020, Anticor a saisi la Cour de justice de la République d'une plainte contre le ministre de la Justice, Éric Dupond-Moretti. L'association lui reprochait d'avoir utilisé sa fonction pour régler ses comptes avec des magistrats. La justice est faible. Elle ne doit pas être affaiblie davantage par un ministre qui la discrédite.

Or, ce ministre lançait des poursuites contre des magistrats du parquet financier, qualifiés de « barbouzes » parce qu'ils avaient osé exploiter ses relevés de téléphone, en toute légalité. Il avait aussi traité de « cow-boy » un juge d'instruction qui avait enquêté sur un de ses clients à Monaco et qui avait eu l'audace de dire publiquement que, sur le rocher, « on préfère une justice qui arrange à une justice qui dérange ».

Lorsqu'un ministre a un passé qui interfère avec ses fonctions, il ne doit avoir qu'un seul réflexe : se déporter. Qu'il se considère comme totalement impartial n'y change rien. Il ne doit pas connaître de ces affaires, ne serait-ce que pour ne pas alimenter dans l'opinion publique l'idée que son action serait conduite par des intérêts personnels. De fait, dans ce dossier, le Premier ministre lui-même est venu confirmer l'existence d'un conflit d'intérêts évident : par un décret du 23 octobre 2020, il a interdit à Éric Dupond-Moretti de traiter des affaires concernant des personnes contre lesquelles il avait porté plainte ou concernant ses anciens clients lorsqu'il était avocat.

Le 16 juillet 2021, le garde des Sceaux a été mis en examen, ce qui signifie qu'il existe contre lui des indices graves et concordants rendant vraisemblable la commission de cette infraction. Il n'a pas démissionné et a même reçu le soutien du Président.

UN VERBE QUI SE CONJUGUE AU PRÉSENT

Lucie Aubrac a écrit que « résister est un verbe qui se conjugue au présent ». Cette phrase résonne en nous, comme elle doit résonner en toutes les personnes qui se battent.

Résister se conjugue au présent, comme l'on conjugue les verbes qui ne se reposent jamais. Nous avons tous nos préoccupations et des vies bien remplies à gérer. Nous ne sommes pas tous passionnés de débats sur la démocratie et l'éthique.

Pourtant, il faut toujours se demander si l'on vit en démocratie, si l'équilibre des pouvoirs est maintenu, si nos institutions fonctionnent correctement et si des contre-pouvoirs existent. Lorsque la démocratie dysfonctionne, c'est aux citoyens de se mobiliser car ils sont les détenteurs de ce pouvoir souverain qui est la source de tous les autres. Certes, dans un système de démocratie représentative, les citoyens n'exercent quasiment qu'un seul pouvoir, voter, et de nombreux électeurs, découragés, ne l'exercent même plus.

Leur désespoir est compréhensible tant le personnel politique est discrédité et notre démocratie défaillante. Toutefois, s'abstenir revient à abandonner aux autres notre quote-part de décision. Notre société a besoin d'élus exemplaires et tenaces pour rénover nos lois et bâtir une architecture institutionnelle qui nous préservera des abus. Elle a donc également besoin de citoyens impliqués pour les porter au pouvoir.

Cet ouvrage pourrait leur donner quelques idées pour choisir des représentants qui ont la volonté sincère d'assainir le fonctionnement de nos institutions et de rendre aux citoyens un pouvoir qui leur a été confisqué.

2. LES MAUX DE LA DÉMOCRATIE

LE FINANCEMENT POLITIQUE CORROMPU PAR L'ARGENT PRIVÉ

Nous sortons du procès Bygmalion dans lequel M. Sarkozy a été reconnu coupable, en première instance, d'avoir dépassé le plafond des dépenses autorisées dans le cadre de sa campagne présidentielle de 2012. Un dépassement d'environ 16 millions d'euros, grâce à un système illégal de fausse facturation.

Que ce serait-il passé si M. Sarkozy avait été élu grâce à une telle rupture d'égalité entre les candidats ? En France, la triche provoque l'annulation de toutes les élections, sauf une : l'élection présidentielle. Cela signifie qu'un Président peut exercer un mandat de cinq ans alors même qu'il a volé son élection.

La réglementation des comptes de campagne a fait l'objet d'une série de lois depuis 1988 autour de trois axes : la limitation du montant des recettes et des dépenses, l'interdiction de tout financement provenant d'une entreprise et la transparence sur ce financement. Mais ces lois sont insuffisantes.

Ainsi, les dons sont limités à un montant maximal de 4 600 euros par candidat. Dans les faits, cette limitation est peu effective pour deux raisons. La première est qu'il est possible de financer également le parti politique auquel appartient le candidat, à hauteur de 7500 euros par an. La seconde est qu'il existe de nombreux micro-partis, dont l'unique mission est de récolter des dons pour les campagnes. Ces micro-partis sont passés de 283 à 579 entre 2008 et 2020. Pourtant, ce sont « majoritairement des partis sans existence réelle » selon la Commission nationale des comptes de campagne et des financements politiques (CNCCFP).

Surtout, le droit de déduire 66 % des dons de l'impôt sur le revenu génère une importante inégalité. Ceux qui ne sont pas soumis à l'impôt ne bénéficient d'aucune prise en charge sur fonds publics. En revanche, les plus aisés voient leurs préférences politiques subventionnées sur fonds publics. Pour eux, le sacrifice n'est pas considérable : l'État rembourse 5 000 euros à ceux qui ont donné le maximum de 7 500 euros à un parti et 3 066 euros à ceux qui ont donné le maximum de 4 600 euros à un candidat pour sa campagne. Cela explique que seules 913 personnes ont contribué pour la moitié du financement de la campagne d'Emmanuel Macron.

Et si un candidat est élu par des millions d'électeurs, il n'est pas interdit de penser qu'il se sent plus particulièrement redevable aux quelques centaines de ses meilleurs contributeurs qui lui ont permis de séduire les autres. La démocratie est ainsi corrompue par le poids de l'argent privé et par la proximité des élus avec le premier cercle de leurs contributeurs. Cette situation n'est pas sans remède.

La première réforme souhaitable est celle du financement. Ainsi l'économiste Julia Cagé fait une proposition audacieuse : chaque année, le total du financement de la vie politique s'élève à environ 7 euros par citoyen et par an. Pourquoi ne pas dépenser cet argent autrement ? Par exemple, chaque citoyen pourrait allouer ces 7 euros à une formation politique, par simple mention sur sa feuille d'impôts. La vie politique ne coûterait pas plus cher. L'allocation étant annuelle, cela permettrait même de sanctionner financièrement un parti qui ne tiendrait pas ses promesses. Cela faciliterait aussi l'émergence de partis nouveaux[3].

La deuxième réforme concerne les contrôles. En particulier, un contrôle continu des dépenses de campagne permettrait de connaître l'essentiel des données sur le financement avant la validation de l'élection. Cela rendrait plus difficile la fraude mais aussi la proclamation d'un candidat qui aurait manifestement triché. Alors qu'aujourd'hui, les comptes sont déposés et contrôlés postérieurement à cette proclamation.

La troisième réforme donnerait aux citoyens le droit d'accéder aux données sur le financement des campagnes et des partis politiques. La numérisation permettrait un large accès aux comptes et aux documents fournis par les candidats ou émis par la Commission de contrôle. Même si cette faculté n'était utilisée que par quelques journalistes ou chercheurs, ce serait une belle avancée.

En janvier 2022, Anticor a fait une proposition aux candidats à la présidentielle : publier en ligne leurs comptes de campagne, au fur et à mesure de celle-ci. Il appartiendra aux citoyens de prendre acte de leurs réponses.

Si les réformes demeurent taboues, c'est parce que le candidat qui remporte les élections remporte presque tout.

La première fraction du financement public des partis est en effet octroyée en fonction des résultats aux élections législatives et la seconde est attribuée aux seuls partis représentés au Parlement.

La question des élections est essentielle car il s'agit de permettre une réelle représentation du peuple. Mais cette représentation est également mise en péril après l'élection, notamment par ceux qui, dans l'ombre des cabinets, font pression pour défendre des intérêts particuliers.

UNE DÉMOCRATIE SOUS INFLUENCES

Lors de l'examen en 2018 de la loi d'Évolution du logement, de l'aménagement et du numérique (ÉLAN), 699 amendements sur 2 209 ont été rédigés de manière strictement identique, ce qui suggère qu'ils ont été élaborés par le même lobby, puis déposés par des groupes parlementaires différents. Autre fait surprenant : un amendement interdisant le glyphosate (herbicide soupçonné d'avoir des effets cancérigènes) a été connu du lobby intéressé avant même son dépôt à l'Assemblée nationale.

Plus récemment, le gestionnaire d'actifs BlackRock a mené une intense campagne de lobbying en faveur de la réforme de l'épargne retraite. Cette réforme lui permettra d'être plus présent sur ce marché. La société affichait l'ambition d'un basculement des dispositifs habituels de financement des retraites par répartition vers ceux de l'épargne-retraite par capitalisation. 29 milliards d'euros pourraient passer de l'un à l'autre.

Anticor a signalé au parquet le cas de Sylvie Goulard. Alors qu'elle était députée au Parlement européen, l'Institut Berggruen lui a versé une somme de 324 000 euros pendant une période de vingt-sept mois. Le fondateur de l'Institut, Nicolas Berggruen, a été qualifié de « financier vautour » par le magazine *Forbes*. La députée affirme avoir participé à des conférences, des réunions et rédigé deux notes d'une quinzaine de pages. Une contrepartie en travail qui semble bien dérisoire face à une rémunération de cette importance. Anticor a donc posé deux questions simples : est-il normal que des *think tanks*, qui portent des revendications politiques et économiques, rémunèrent des élus ? Quelle est la contrepartie que ces *think tanks* attendent ?

Peu imaginent le poids des lobbies et leur capacité à influencer la décision politique. Nicolas Hulot aussi était sans doute naïf, mesurant chaque jour les entraves à surmonter jusqu'à la goutte d'eau qui a fait déborder le vase : la présence d'un représentant du lobby de la chasse lors d'une réunion à l'Élysée, alors qu'il n'était pas invité.

Et c'est encore pire en matière de santé. Il faut lire *Lobbytomie*[4]. C'est un décryptage glaçant des techniques utilisées pour obtenir des réglementations favorables à la commercialisation de produits nocifs pour la santé. Beaucoup de firmes utilisent des stratégies pernicieuses pour diffuser leurs produits nocifs et pour bloquer toute réglementation contraire. Elles savent instrumentaliser, créer du doute scientifique, dissimuler les conflits d'intérêts et détourner les politiques publiques.

Pourtant, selon la Déclaration des droits de l'homme, la loi doit être l'expression de la volonté générale. Le règlement de l'Assemblée précise que « les députés exercent leur mandat au profit du seul intérêt général et en toute indépendance ». Dès lors, comment peut-on tolérer, dans une démocratie, que des lobbyistes influencent à ce point la création de la loi ?

L'activité des lobbies a été partiellement encadrée. La loi leur impose de se déclarer dans un répertoire tenu par la Haute Autorité de la transparence de la vie publique (HATVP). Mais ce registre ne permet pas de connaître quelles personnes un lobbyiste a rencontrées, quels arguments ont été soutenus, quels documents ont été remis. Pourtant, il serait parfaitement possible d'imaginer une traçabilité des influences : c'est « l'empreinte normative ».

Plus encore, une plateforme en ligne pourrait devenir le canal de communication entre lobbyistes et décideurs politiques afin que tous puissent connaître les arguments qui leur sont soumis, et le cas échéant, en transmettre d'autres. Il n'est pas illégitime que les lobbies fassent connaître leurs arguments mais il faut permettre à une contre-expertise de se manifester.

Ce serait une avancée importante, même si le lobbyisme le plus nocif n'est pas comparable à l'entre-soi de personnalités souvent formées pour le service de l'État, mais constituées en caste oligarchique pour occuper des postes avantageux dans le public comme dans le privé.

> « *Jamais sous la V*[e] *République les élites qui dirigent notre pays n'ont été aussi riches et obnubilées par l'argent. Jamais autant de hauts fonctionnaires n'ont pantouflé à prix d'or dans le privé. Jamais autant de ministres n'ont été multimillionnaires*[5]. »

À Anticor, les « pantoufles » sont décernées chaque année en même temps que les prix éthiques. Elles saluent les départs les moins estimables du secteur public aux secteur privé. Nous avons décerné l'une des dernières à Éric Russo. Vice-procureur au Parquet national financier, il avait suivi des affaires importantes comme celles d'UBS, d'HSBC et d'Airbus. Il a ensuite rejoint un cabinet d'affaires américain, au service duquel il mettra ses compétences acquises dans la pratique judiciaire. Emmanuel Macron, Alexis Kohler, Édouard Philippe ont suivi ce chemin, comme un nombre important de leurs collaborateurs.

Nous nous sommes interrogés sur la nécessité pour l'État de payer des millions d'euros au cabinet McKinsey pour organiser la vaccination contre la Covid-19. Nous avons pourtant des administrations qui auraient pu mettre en place la logistique de la vaccination. Mais l'administration est souvent boudée au profit des conseils de cabinets privés. Sans doute parce que beaucoup d'anciens hauts fonctionnaires, partis vers le privé, font jouer leurs contacts pour obtenir des marchés publics faramineux, se retrouvant à exercer les mêmes fonctions que dans le public, avec une rémunération bien supérieure. L'État appauvri rémunère pour des montants élevés d'anciens hauts fonctionnaires devenus consultants, même s'ils donnent rarement des résultats à la hauteur des prestations attendues[6].

Le pantouflage est dangereux pour la société quand des fonctionnaires rejoignent l'entreprise ou le secteur qu'ils contrôlaient. La pratique, nouvelle en France, des « tourniquets » se manifeste par des passages du public au privé et inversement (le « rétro-pantouflage »). Le risque est que les hauts fonctionnaires abandonnent toute vocation à servir le bien public, pour se constituer en élite vorace[7].

Nous pensons que rien n'interdit l'application effective de l'obligation pour les hauts fonctionnaires et les magistrats de servir l'État au moins dix ans. Et il est tout à fait possible de rétablir un délai de cinq ans entre la cessation des fonctions et la possibilité d'exercer dans le privé une activité se rapportant, même indirectement, aux fonctions exercées dans le service public. Le problème n'est pas l'ÉNA, dont la suppression nous paraît démagogique. Il est dans l'abandon de l'idéal qui avait conduit à fonder l'ÉNA : donner à l'État un personnel bien formé et attaché au bien public.

UNE TRANSPARENCE DE FAÇADE

Jeremy Bentham (1748-1832) est l'auteur du premier traité sur la publicité des travaux parlementaires. Pour lui, les opposants à la transparence ne pouvaient se ranger que dans trois catégories peu recommandables : « Celle des malfaiteurs, qui cherchent à se dérober au regard d'un juge; celle des despotes, désireux d'étouffer une opinion publique dont ils redoutent la force; celle des incapables enfin, qui ne cessent de justifier leur inaction par la prétendue irrésolution du public[8].»

Les élus sont réticents à faire la transparence. Elle est pourtant un outil crucial pour rétablir la confiance. C'est aussi un droit pour chaque citoyen. L'article 15 de la Déclaration des droits de l'homme et du citoyen consacre que « la société a le droit de demander compte à tout agent public de son administration ». La conséquence de ce droit est prévue notamment dans la loi du 17 juillet 1978, qui donne à chaque citoyen la liberté d'accéder aux documents administratifs.

Cette liberté existe mais en pratique, son exercice est un chemin de croix, surtout lorsque l'information est sensible. Raymond Avrillier, figure historique des Verts à Grenoble, où il a mené un combat contre la corruption du système Carignon, maire de Grenoble dans les années 1990, est un des membres d'Anticor les plus actifs pour obtenir la communication de documents administratifs.

Il a ainsi obtenu des documents clés dans l'affaire des sondages de l'Élysée. Il a également obtenu les contrats passés par l'État avec les sociétés concessionnaires d'autoroutes. Les documents révèlent un accord prévoyant, après un gel initial, des hausses de tarifs chaque année plus importantes entre 2019 et 2023, et un allongement des concessions des sociétés d'autoroutes. La Cour des comptes a émis un avis dénonçant la faiblesse de l'État dans les négociations. Selon ses calculs, les sociétés concessionnaires devraient tirer 15 milliards d'euros de la prolongation de leur concession. En contrepartie, elles se sont engagées à réaliser 3,2 milliards d'euros de travaux. On comprend pourquoi Emmanuel Macron, alors ministre de l'Économie, avait refusé de communiquer le contrat.

Pour obtenir des documents administratifs, il faut être obstiné. Si la collectivité ne répond pas, il faut saisir la Commission d'accès aux documents administratifs (CADA). Si la CADA dit oui, encore faut-il que la collectivité coopère. Si la CADA dit non ou si la collectivité ne se plie pas, il faut saisir le tribunal administratif qui peut mettre entre sept mois et deux ans et demi pour rendre une décision. S'il faut aller en appel, c'est encore pire. Il est bien évident que ces délais sont incompatibles avec le temps d'une enquête journalistique. C'est pourquoi nous pensons qu'*a minima*, les avis de la CADA devraient être exécutoires, afin de permettre l'exécution de la décision face à un refus de l'administration.

S'agissant de l'accès à l'information en ligne, la loi prévoit qu'à partir d'octobre 2018, les collectivités de plus de 3500 habitants devront rendre accessibles leurs données grâce à un portail Internet en source ouverte. OpenDataFrance comptabilise 491 collectivités aux données ouvertes, soit 9,6 %. Une première évaluation d'Anticor, réalisée en juillet 2021, montre que la marge de progression est considérable.

Ce serait pourtant un vrai progrès que de disposer en ligne de tous les documents d'une collectivité sur les emprunts, les subventions allouées, les indemnités des élus, les voitures et logements de fonction et frais divers, les membres du cabinet et du service communication, les rapports des chambres régionales des comptes et les décisions judiciaires la concernant.

Mais l'enjeu de la transparence n'est pas seulement d'obtenir plus facilement des informations publiques. Il est aussi de permettre à ceux qui détiennent des informations essentielles pour l'intérêt général de les révéler.

LANCEURS D'ALERTE, LE COURAGE DE LA VÉRITÉ

Connaissez-vous Julian Assange ? La plupart des lecteurs sauront qu'il est l'un des lanceurs d'alerte les plus connus au monde. Mais savez-vous ce qu'il a dénoncé ? Julian Assange est un journaliste, fondateur de WikiLeaks. Il a publié en 2010 des documents classés secrets révélant les crimes de guerre commis par l'armée américaine en Irak et en Afghanistan. Il est privé de liberté depuis : en liberté surveillée de 2010 à 2012, enfermé dans l'ambassade d'Équateur de 2012 à 2019 puis en prison à Londres. Il est aujourd'hui menacé d'extradition vers les États-Unis où il risque 175 ans de prison.

Suite aux révélations de WikiLeaks, Assange a été accusé de viol par deux citoyennes suédoises. En 2019, les poursuites contre lui ont été abandonnées au moment même où l'Équateur lui retirait sa protection. Les États-

Unis l'ont ensuite inculpé pour espionnage et ont réclamé son extradition. Il est aujourd'hui admis que l'affaire suédoise n'a été qu'une instrumentalisation pour maintenir Assange sous mandat d'arrêt et justifier son arrestation. Julian Assange est donc privé de liberté depuis dix ans sans avoir été reconnu coupable d'aucun délit. Son état de santé est actuellement très préoccupant, ses proches s'inquiètent pour sa vie. Que dire de la liberté de la presse quand un journaliste qui dénonce des crimes le paye de sa liberté et peut-être de sa vie ?

Que dire aux futurs lanceurs d'alerte ? Quand on demande aux proches d'Assange ce que l'on peut faire pour aider, ils répondent : « *Leak*, faites fuiter, dévoilez, révélez ! » Il est pourtant difficile de les encourager à parler lorsque l'on connaît le sort qui leur est réservé. Aucun n'est sorti indemne du courage d'avoir dit la vérité. La plupart subissent des représailles, ils sont placardisés, perdent leurs emplois, sont boycottés dans leur secteur professionnel. Ils sont pourtant essentiels car ils portent des alertes d'intérêt général. Ils dénoncent les dysfonctionnements de notre société et sans eux, ces dysfonctionnements ne prendront jamais fin. Une démocratie ne devrait pas craindre ses lanceurs d'alerte, elle devrait les protéger. Et pourtant…

Antoine Deltour démissionne en 2010 de PricewaterhouseCoopers (PwC) et emporte des documents confidentiels sur les rescrits fiscaux qui permettent à de grandes sociétés de payer au Luxembourg un impôt dérisoire. Le Consortium international des journalistes d'investigation accède aux documents, les analyse et les publie en novembre 2014, ce qui déclenche un scandale international connu sous le nom de LuxLeaks. Cependant, sur plainte de son ancien employeur, Antoine Deltour est condamné par la justice luxembourgeoise en première instance à douze mois de prison avec sursis, puis en appel à six mois de prison avec sursis et 1 500 euros d'amende. En 2018, il est enfin relaxé par la Cour de cassation. Il n'a jamais été soutenu par le gouvernement français, alors même que la France était victime de la concurrence fiscale déloyale et agressive du Luxembourg.

De nombreux autres lanceurs d'alerte ont connu une situation difficile. Edward Snowden a révélé la mise sur écoute de présidents de la République française, pendant plusieurs années, par la NSA. Stéphanie Gibaud a été à l'origine des révélations qui ont eu pour conséquence la condamnation de la banque UBS pour blanchiment aggravé de fraude fiscale à 1,8 milliard d'euros d'amende et de dommages-intérêts. Céline Boussié a alerté sur des maltraitances commises sur des mineurs handicapés, incapables de se défendre et souvent incapables de sonner l'alerte par eux-mêmes. Karim Ben Ali a alerté sur le déversement, par ArcelorMittal, de centaines de mètres cubes d'acide chlorhydrique dans la nature. Ils ont été licenciés. C'est pourquoi, à Anticor, nous portons les alertes de corruption devant les tribunaux afin que ceux qui nous les ont transmises ne prennent pas de risque.

La loi Sapin II a légitimé les lanceurs d'alerte et prévu une protection minimale contre les représailles. Mais trop d'exigences privaient encore cette protection de son effectivité. Il était notamment demandé aux lanceurs d'alerte d'aller trouver en premier lieu leur employeur, avant la justice, avant les médias, pour les avertir que leur comportement est illégal ou dangereux pour la société. Or, la culture de l'exemplarité ne doit pas être très solide en entreprise, car les lanceurs d'alerte sont quasi systématiquement sanctionnés. Le Parlement européen a pris la mesure de cet enjeu en adoptant une directive qui supprime notamment cette obligation d'alerter son employeur. Sa transposition en droit français interviendra en 2022.

En effet, quand le secret devient la règle et la transparence l'exception, ce ne sont pas seulement des lanceurs d'alerte emblématiques qui paient le prix de cette schizophrénie d'État. Nous le payons tous.

QUAND LE SECRET DEVIENT LA RÈGLE ET LA TRANSPARENCE L'EXCEPTION

En 2019, une enquête menée par *Le Monde* et « Cash Investigation » montre que des dispositifs médicaux (défibrillateurs, pompes à insuline, prothèses de hanche) ont connu de nombreux dysfonctionnements et causé de nombreux décès. L'enquête révèle également que des sociétés tentent d'obtenir l'autorisation de commercialiser leurs dispositifs dans plusieurs pays en misant sur le laxisme de certains. Les journalistes demandent l'accès à la liste des entreprises ayant obtenu une autorisation de mise sur le marché, mais surtout à la liste de celles qui ne l'ont pas obtenue, pour vérifier que cette autorisation ne leur a pas été donnée dans un autre pays. Cette information leur est refusée en application de la loi sur le secret des affaires, cette loi qui permet aux entreprises de poursuivre en justice ceux qui révèlent des informations qu'ils jugent, de manière arbitraire, confidentielles.

Nous avons décidé, avec quarante-six associations, syndicats et sociétés de journalistes, d'agir en justice. Résultat mitigé : les informations sont publiques quand une autorisation a été accordée, mais pas quand elle a été refusée. Cela interdit notamment de savoir quelles sociétés ont obtenu leur autorisation dans un autre pays européen, après un refus de leur certification en France. Le dossier est aujourd'hui devant le Conseil d'État.

Pour la gestion de la crise sanitaire, vingt-huit contrats ont été signés entre mars 2020 et janvier 2021 pour un total de 11,35 millions d'euros avec sept cabinets de conseil. En particulier, la Direction générale de la santé a fait appel à quatre sociétés privées de conseil dans le cadre de la stratégie vaccinale nationale contre la Covid 19, dont le géant américain McKinsey.

Nous avons demandé au ministère de la Santé la communication des documents relatifs aux marchés publics et aux délibérations à l'origine des contrats liant la France à McKinsey. La CADA a accepté cette communication sous réserve du secret des affaires. Certes, les contrats émis dans le cadre de conseils stratégiques de santé sont des documents administratifs auxquels les citoyens ont le droit d'accéder. Cependant, le ministre de la Santé doit vérifier que les documents communicables ne portent pas atteinte au secret des affaires. Ainsi les documents nous ont été communiqués avec de nombreuses occultations.

De fait, le secret devient la règle et la transparence l'exception. Le secret des affaires prime la liberté d'expression, qui n'est plus au sommet de la hiérarchie des valeurs. Les journalistes ou les lanceurs d'alerte poursuivis pour avoir divulgué un secret d'affaires doivent se défendre devant la justice. Ils doivent démontrer au juge qu'ils ont agi pour l'intérêt général. Ce n'est pas toujours évident. En particulier, un risque de menaces pour la santé et l'environnement peut faire l'objet de longues controverses scientifiques avant d'être reconnu. La probabilité est élevée d'effets délétères pour les libertés publiques.

LA FRAUDE À LA COMMANDE PUBLIQUE

En Italie, des différences étonnantes ont été relevées dans les coûts de plusieurs grands projets d'investissement à Milan avant et après les enquêtes anticorruption du début des années 1990. En 1991, le coût de construction du métro s'élevait à l'équivalent de 227 millions de dollars par kilomètre. En 1995, le coût n'était plus que de 97 millions. Pour une liaison ferroviaire, les coûts sont passés de 54 millions de dollars au kilomètre à 26 millions dans la même période. L'estimation du coût de la nouvelle aérogare de Milan était de 3,2 milliards de dollars, avant d'être réduite à 1,3 milliard. L'étude milanaise met en évidence des économies de l'ordre de 35 à 40 % réalisées dans les dépenses d'infrastructure[9].

Les quelques exemples tirés des dossiers dont Anticor a pris l'initiative montrent que des gains considérables pourraient être attendus d'un renforcement de la justice financière, car notre pays n'est pas indemne de fraudes aux marchés publics.

Même avec des moyens modestes, le Parquet national financier a rapporté plus de 7,7 milliards d'euros à l'État entre 2014 et 2019. Le code de la commande publique prévoit que les collectivités respectent le principe d'égalité de traitement des candidats à un marché. Cela signifie mettre loyalement en concurrence les candidats et attribuer les marchés sur des critères objectifs. L'objectif est d'assurer la bonne utilisation des deniers publics. Ceux qui ne respectent pas la loi peuvent être poursuivis pour favoritisme.

De même, un responsable public ne doit pas être soupçonné d'avoir utilisé ses fonctions pour favoriser une entreprise avant de la rejoindre. Il commettrait alors le délit de prise illégale d'intérêts. La valeur des appels d'offres publiés au *Journal officiel* s'élève environ à 18,5 % du PIB de la France, soit 380 milliards d'euros[10]. Anticor est intervenue dans de nombreux dossiers.

Ainsi, l'attribution des marchés de radars automatiques pour contrôler la vitesse des automobiles nous a paru suspecte après la lecture d'un rapport de l'Inspection générale de l'administration. Ce rapport dénonçait notamment des délais intenables pour une réelle mise en concurrence.

Problème : Thierry Breton avait été ministre de l'Économie et des Finances de 2005 à 2007 avant d'être nommé en 2008 à la tête de la société ATOS, principal fournisseur de radars. Le ministre a-t-il participé à la définition de ce marché ? C'est une question à un milliard d'euros, montant des marchés. Nous avons déposé plainte en 2018 puis, devant l'inertie du parquet, nous nous sommes constitués partie civile en septembre 2019. Le 1er décembre 2019, M. Breton devenait commissaire européen au marché intérieur.

Nous nous sommes aussi préoccupés des conditions de sélection de la société de développement de l'application « StopCovid ». Cette application devait contribuer à lutter contre la propagation de l'épidémie, via un système de traçage numérique très contesté par ailleurs. Problème : l'application a été livrée gratuitement à l'État par la société Outscale, filiale de Dassault Systèmes. Mais le coût d'hébergement mensuel de cette application, facturé par cette même société, est de 200 000 à 300 000 euros. Est-ce la contrepartie du développement pas si gratuit de l'application ? Pour ce prix, le gouvernement aurait dû procéder à un appel d'offres. D'autant plus que les dispositions légales permettant de s'affranchir des procédures en raison de la crise sanitaire ne s'appliquaient pas à ce marché. La gratuité de la commande initiale a été chèrement payée.

Plus grave encore, le marché « Health Data Hub ». Cette plateforme des données de santé a été créée en 2019 pour faciliter leur partage, afin de favoriser la recherche.

Problème : l'entreprise Microsoft a été sélectionnée pour assurer l'hébergement. Le marché public lui a été attribué sans mise à concurrence au motif qu'elle avait seule les capacités technologiques pour mettre en place cette plateforme. Nous avons saisi le parquet de l'irrégularité du marché. À cela s'ajoute un autre enjeu : ces données pourraient être transférées aux États-Unis du fait même de la soumission de Microsoft au droit étasunien. La décision de l'État de confier à une entreprise américaine la gestion des données de santé de millions de personnes est préoccupante et aurait dû *a minima* faire l'objet d'un débat public.

En matière de marchés publics, l'évolution de la législation pourrait nous coûter de plus en plus cher. En effet, la loi d'Accélération et simplification de l'action publique (ASAP) du 7 décembre 2020 a introduit un « motif d'intérêt général » permettant de justifier la conclusion d'un marché public sans aucun appel d'offres préalable, quel que soit son montant. Un élu local ou un agent public peut ainsi conclure un contrat de plusieurs millions d'euros avec l'entreprise de son choix sans mise en concurrence, s'il estime que le délai nécessaire à cette procédure serait « manifestement contraire à un motif d'intérêt général ».

Le code de la commande publique incluait pourtant déjà une palette de situations justifiant de passer outre la procédure d'appel d'offres. Cette nouvelle exception crée un risque élevé de passation de contrats à des fins clientélistes, voire d'enrichissement personnel. De plus, l'intérêt général est une notion de droit dont n'importe quel professeur pourrait parler pendant des heures. Il faudra des dizaines d'années afin que la juridiction administrative précise ce qu'est cet intérêt général qui autorise nos responsables publics à dépenser comme bon leur semble l'argent des contribuables.

À la fraude aux marchés s'ajoute la fraude aux subventions.

UN USAGE PEU CONTRÔLÉ DES AIDES PUBLIQUES

La fraude aux primes agricoles en Corse continuerait de prospérer sans l'initiative d'Anticor. Il faut savoir que dans l'Île de Beauté, depuis la réforme de la politique agricole commune (PAC) de 2015, certains éleveurs se sont livrés à une chasse à l'hectare en maximisant les surfaces pour lesquelles ils demandaient une aide, sans avoir ni les moyens matériels d'exploiter ces surfaces, ni l'accord des propriétaires dont certains se sont justement estimés lésés. Ainsi un exploitant agricole pouvait être déclaré comme tel sans utiliser la moindre parcelle. D'autres bénéficiaient d'aides sans titre d'exploitation sur un terrain. Le montant des sommes indûment versées, en quatre ans, avoisinerait les 36 millions d'euros.

Il faut savoir que les aides sont plafonnées dans la région Corse et que les fraudes privent, en proportion, les éleveurs honnêtes de ce qui leur est dû. Poursuivre les fraudeurs revient donc à défendre les vrais agriculteurs. Toutefois, l'enjeu n'est pas limité au secteur agricole. Plus généralement, nous demandons de mieux encadrer le versement d'aides publiques au secteur privé, d'imposer des conditions et d'exiger leur remboursement en cas de défaillance.

En effet, l'État verse entre 140 et 150 milliards d'aides publiques aux entreprises privées par an. On peut citer notamment le crédit d'impôt recherche. En 2013, la Cour des comptes constatait que l'évolution de la dépense de recherche des entreprises n'était pas proportionnée aux avantages fiscaux accordés. Quelle est dès lors la légitimité de cette aide ?

Le crédit d'impôt pour la compétitivité et l'emploi (CICE), créé en 2012, dont le coût était de 20 milliards d'euros par an, a eu des effets dérisoires sur la création d'emplois. Il a en revanche amplement servi à augmenter les dividendes des actionnaires ou la rémunération des dirigeants. Devant ce constat, le CICE a été supprimé en 2019, pour être transformé en allègement de charges…

Toutes ces aides devraient être subordonnées au respect de conditions et leur usage mieux contrôlé, car, comme toute dépense publique, l'aide doit poursuivre une finalité d'intérêt général.

CORRUPTION IMPUNIE, SOUVERAINETÉ PERDUE

Alstom était, au début des années 2010, une entreprise internationale présente dans cent pays. Elle employait 87 000 salariés et générait un chiffre d'affaires de 20 milliards d'euros. La branche transport produisait les trains à grande vitesse. La branche énergie assurait l'entretien et le renouvellement des turboalternateurs des 58 centrales nucléaires françaises, la production des turbines Arabelle destinées aux réacteurs EPR et les turbines de propulsion des quatre sous-marins lanceurs d'engins et du porte-avions Charles-de-Gaulle.

Dans le cadre d'une stratégie de guerre économique, le Département américain de la justice a mis en évidence des pratiques de corruption d'agents publics étrangers par Alstom jusqu'en 2011. La société a plaidé coupable et a payé 772 millions de dollars aux États-Unis. Cette situation a rendu l'entreprise vulnérable, permettant à la société General Electric de proposer l'achat de la branche énergie. À ce moment, le droit français permettait à l'État de s'opposer à la cession d'une activité stratégique. Mais Emmanuel Macron, alors ministre de l'Économie, s'est écrié : « On n'est pas au Venezuela ! » Il ne s'est pas opposé à cette vente. Cette affaire est emblématique à plusieurs titres.

D'abord, la France a perdu la propriété d'actifs stratégiques. Une partie de la conception et la réalisation des turbines demeurent sur le territoire national, mais les autorisations d'exportation dépendent des États-Unis. Nous avons aussi perdu la maîtrise complète de notre armement. Pourtant, la souveraineté de la France en dépend.

La France a aussi perdu des emplois. L'usine de Belfort comptait, au moment de la cession, environ 4 000 emplois. General Electric avait promis d'en créer 1 000 de plus. Cela n'a pas été le cas. Au contraire, en 2019, 1 000 emplois ont été supprimés pendant la crise sanitaire, en plein confinement. Peu à peu, des activités sont délocalisées à l'étranger.

La vente est intervenue dans des conditions inhabituelles. Le député Olivier Marleix, président de la commission d'enquête parlementaire sur les décisions de l'État en matière de politique industrielle, a constaté que de nombreux bénéficiaires de l'opération de vente se sont retrouvés dans le premier cercle des donateurs pour la campagne d'Emmanuel Macron. Il faut savoir que la vente a été approuvée au prix de 12,35 milliards d'euros. 3,5 à 4 milliards ont été distribués aux actionnaires par une offre publique de rachat d'actions. Et 300 millions ont été versés aux intermédiaires en charge de cette vente, soit 3,5 % de son montant, un taux nettement supérieur à celui observé dans ce type d'opération.

Surtout, aucune enquête n'a été menée en France sur les faits de corruption commis par la société. Ainsi, Patrick Kron, le PDG d'Alstom, n'a pas été inquiété alors qu'il était à la tête de l'entreprise au moment des faits de corruption. Au contraire : en novembre 2015, Alstom a provisionné 10,5 millions d'euros afin de financer la « retraite chapeau » de son ancien PDG. Anticor a déposé plainte en 2019, puis s'est constituée partie civile en 2021.

Enfin, le groupe américain a engagé une épreuve de force avec EDF pour réduire sa responsabilité en cas d'incident sur les turbines des centrales nucléaires françaises. En 2021, EDF a engagé des discussions pour racheter les activités de General Electric dans le secteur nucléaire.

DES ÉTATS APPAUVRIS PAR L'ÉVITEMENT DE L'IMPÔT

La fraude fiscale est constituée par l'intention frauduleuse de se soustraire à l'impôt. L'optimisation fiscale, quant à elle, est légale : c'est un usage habile des lois et conventions pour éviter l'impôt. En réalité, la distinction n'est pas toujours évidente. Ainsi, Google pensait pouvoir légalement localiser une partie des profits réalisés sur notre territoire en Irlande, où l'impôt sur les sociétés est bien moindre. Tel n'était pas l'avis des services fiscaux. Finalement, les deux parties ont convenu d'une transaction pénale, et Google a payé un milliard d'euros.

Anticor ne peut agir en justice dans un dossier de fraude fiscale. Mais l'association fait partie de la Plateforme contre les paradis fiscaux et judiciaires et développe dans ce cadre un plaidoyer ambitieux, car il n'est pas d'éthique dans la vie publique sans justice fiscale.

Concrètement, le montant de la fraude et de l'évasion fiscale pour la France seulement se situe entre 80 et 100 milliards d'euros par an[11]. Rapprochons ce chiffre des dépenses par ministère : en 2020, notre pays a dépensé 76 milliards pour l'éducation, 14,9 milliards pour la solidarité et la santé, 12,1 milliards pour la justice, 3,9 milliards pour la culture.

Combien d'enseignants, de soignants auraient-ils pu être recrutés avec une partie de cette somme ? Combien les services de police et de justice auraient-ils rapporté à la collectivité s'ils avaient les moyens nécessaires pour lutter efficacement contre ces infractions ? Le manque à gagner pour l'État peut aussi être rapproché des 75 milliards d'euros prélevés au titre de l'impôt sur le revenu, des 48 milliards d'impôts sur les sociétés ou des 125 milliards de TVA.

40 % des profits des entreprises multinationales sont détournés vers les paradis fiscaux. La France perd ainsi 22 % des recettes de son impôt sur les sociétés, soit 13,3 milliards d'euros[12]. En 2021, le G7 Finances s'est engagé sur l'objectif d'un d'impôt minimal mondial sur les sociétés d'au moins 15 %. Cela devrait remédier aux dérives les plus importantes.

Pourtant, si l'on additionne l'impôt sur le revenu, les bénéfices et les prélèvements sociaux, les salariés et les indépendants petits et moyens se retrouvent à payer dans les pays du G7 des taux nettement supérieurs à 15 % : au moins 20-30 %, et souvent 40-50 %.

En même temps, les multinationales pourront continuer de localiser à loisir leurs profits dans les paradis fiscaux, avec comme seule imposition un taux de 15 % : « Le G7 officialise l'entrée dans un monde où les oligarques paient structurellement moins d'impôts que le reste de la population[13]. » *A minima*, cela constitue une pression à la baisse pour l'impôt sur les sociétés en France. Celui-ci était de 33,3 % en 2017, puis il est passé à 28 %. En 2022, il est réduit à 25 %.

La France est rarement à la pointe dans la lutte contre ces pratiques, même sur son propre territoire. Le plan national de lutte contre la fraude n'est plus actualisé depuis

2016 et la baisse des effectifs de la Direction générale des finances publiques « n'a pas été compensée par l'amélioration de leur efficacité », selon la Cour des comptes. Il en résulte une diminution de résultats en matière de lutte contre la fraude[14].

Beaucoup reste à faire. La création d'un « serpent fiscal européen » est le projet le plus ambitieux. Il neutraliserait la concurrence fiscale entre les pays et permettrait une meilleure répartition des richesses. L'objectif serait d'harmoniser l'assiette de l'impôt sur les sociétés, d'harmoniser la TVA et de renforcer la coopération en matière de contrôle fiscal. Surtout, un pays devrait pouvoir taxer les bénéfices tirés de la vente des biens et services des entreprises sur son territoire, même si celles-ci sont localisées à l'étranger.

Cette situation reflète une dégradation des principes démocratiques, qui imposent que l'impôt soit également réparti entre tous les citoyens, en raison de leurs facultés. Ce n'est pas un hasard si le mouvement des Gilets jaunes, parti d'une opposition à une taxe sur les carburants, s'est ensuite indigné de la suppression de l'impôt sur les grandes fortunes, puis s'est interrogé sur le fonctionnement de la démocratie. Le sentiment prédominant est « que nos régimes peuvent être dits démocratiques, mais nous ne sommes pas gouvernés démocratiquement[15] ».

3. LA JUSTICE ENTRAVÉE

Les dossiers qui font l'objet d'un blocage alors que les preuves sont suffisantes pour justifier des poursuites sont rares, même si nous en avons donné quelques exemples. Les obstacles à la justice tiennent plus à l'ambiguïté statutaire des procureurs, aux attaques du pouvoir et à l'insuffisance des moyens. La lenteur des procédures et la désespérance des magistrats et des greffiers révèlent une faiblesse systémique de l'institution.

Le statut du parquet est anachronique: Jean-Louis Nadal, alors procureur général de la Cour de cassation, disait en 2011: « S'il fallait traduire la situation en langage médical, il faudrait dire que le parquet est maintenant proche d'un état de coma dépassé.» Cette analyse garde son actualité. Lors de la nomination du procureur de Paris en 2018, Édouard Philippe a dit qu'il appréciait «un procureur en ligne et à l'aise avec l'exécutif».

Les autres pays européens permettent d'entrevoir ce que pourrait être un autre parquet français. En Italie, les procureurs bénéficient de la même protection que les juges. Le principe de légalité des poursuites s'applique, qui impose au parquet d'agir dès qu'il a connaissance d'une infraction. En Espagne, le procureur général de l'État est nommé par le roi, sur proposition du gouvernement et après avis du Conseil général du pouvoir judiciaire. Il ne peut être révoqué pendant quatre ans, sauf en cas de changement du gouvernement. Les magistrats du parquet sont tenus par les principes de légalité et d'impartialité. Et les poursuites peuvent être mises en œuvre non seulement par le procureur ou la partie civile, mais aussi par l'action populaire, c'est-à-dire par un citoyen sans qu'il soit besoin qu'il démontre un préjudice direct et personnel.

Nous savons qu'il n'existe pas de modèle parfait et que chaque pays doit trouver dans son génie propre les moyens pour que la justice passe. Mais aucun n'est tenu de conserver un modèle issu d'une conception périmée des rapports entre le gouvernement et la justice.

Sans doute, 99 % des dossiers avancent normalement, seulement retardés par le manque de moyens. Mais si seulement 1 % faisait l'objet de pressions, cela justifierait le soupçon. La solidité d'une chaîne se mesure à son maillon le plus faible. Et même si ce soupçon n'était pas justifié dans les faits, il le serait encore par l'apparence. Comment une institution liée au gouvernement, même par des liens distendus, pourrait-elle se prévaloir d'une apparence d'impartialité quand il s'agit de traiter des dossiers qui intéressent le pouvoir ?

Plus anachronique encore est le rôle confié par la Constitution au président de la République. Avant d'être élu au suffrage universel en 1962, le président de la Ve République était un arbitre. C'est pourquoi la Constitution prévoit encore que « le président de la République est garant de l'indépendance de l'autorité judiciaire ». Mais aujourd'hui, le Président prend des positions politiques, ce n'est plus du tout un arbitre.

Plus encore, il lui arrive d'attaquer la magistrature, comme Nicolas Sarkozy en 2011, à la suite d'un tragique fait divers. De même, quand Emmanuel Macron vient appuyer le ministre de la Justice mis en examen, il dit : « La justice est une autorité, pas un pouvoir. Je ne laisserai pas la justice devenir un pouvoir. » Il faut ajouter à ce problème structurel l'hostilité non dissimulée du ministre de la Justice envers les magistrats financiers, depuis 2019.

À chaque fois qu'un politique est mis en cause par la Justice, il lui reproche d'être politisée. Cabinet noir, petits pois, justice rouge, procès politiques, tous y vont à cœur joie. Ces attaques sont inquiétantes car elles ciblent un principe cardinal d'une démocratie : la séparation des pouvoirs et leur équilibre. Discréditer la justice, c'est porter atteinte à son rôle institutionnel. Il ne s'agit pas ici de dire qu'il ne faut pas la critiquer. Elle doit être critiquée comme toute institution mais sa mission dans un État de droit, qui est de rendre la justice, quelle que soit la personne mise en cause, est un fondement démocratique qu'on ne peut laisser remettre en cause.

UNE VOLONTÉ POLITIQUE DE LIMITER LES MOYENS DE LA JUSTICE

La France a le plus faible nombre de procureurs sur les quarante-sept pays qui composent le Conseil de l'Europe : 3 pour 100 000 habitants, contre une médiane européenne de 11,25. Elle a aussi un faible nombre de juges : 10 pour 100 000 habitants, contre une médiane de 17,7. Le budget alloué au système judiciaire est également faible : les pays dont le PIB par habitant est compris entre 20 000 et 40 000 euros, ce qui est le cas de la France, consacrent à la justice 84,30 euros par habitant et 0,32 % du PIB. La France dépense seulement 69,51 euros soit 0,20 % du PIB. Cette situation peut être comparée avec celle de l'Espagne (92 euros par habitant), de l'Italie (83 euros) et de l'Allemagne (131 euros)[16].

La justice économique n'est pas mieux lotie. En 2019, la Cour des comptes constate une saturation des services et un délai moyen de six ans pour le traitement d'une affaire complexe. Elle aurait pu évoquer Patrick Balkany, qui a fraudé pendant une trentaine d'années avant sa condamnation en 2019. Ou l'affaire de la chaufferie de la Défense : ce dossier de corruption et de trafic d'influence démarre au début des années 2000. En 2021, le tribunal a décidé d'annuler la procédure en raison de son délai déraisonnable. Ou l'affaire des achats de vote par Serge Dassault à Corbeil-Essonne entre 2008 et 2012, jugée en 2020. Ou l'affaire Karachi, qui concerne la campagne présidentielle de 1995, jugée en 2020 et 2021, vingt-cinq ans après les faits.

Et les dysfonctionnements de la justice ne se limitent pas à la justice pénale.

LA JUSTICE COMMERCIALE, HANDICAP POUR L'ACTIVITÉ ÉCONOMIQUE

Les tribunaux de commerce sont chargés de régler les litiges entre commerçants et les cas dans lesquels une entreprise en difficulté doit être redressée ou liquidée. Le tribunal nomme dans ce cas un administrateur judiciaire ou un mandataire liquidateur. Les juridictions sont composées de juges non professionnels, commerçants, cadres ou chefs d'entreprise élus par leurs pairs. En réalité, la cooptation remplace souvent l'élection, surtout en régions.

Les juges sont bénévoles. En réalité, ils continuent pour la plupart d'être rémunérés par leur entreprise. Celles-ci facilitent l'élection de leurs dirigeants et de leurs cadres dans les tribunaux de commerce, car elles peuvent les utiliser pour s'informer sur l'état du marché, voire sur leurs concurrents. Recrutés dans un vivier étroit, leur impartialité est souvent mise en cause.

Depuis les années 1990, les scandales se multiplient, ainsi que les rapports proposant une réforme. En 2014, le dernier rapport du GRECO appelait encore à une réforme afin de renforcer l'indépendance, l'impartialité et l'intégrité des juges non professionnels.

On comprend que les entreprises étrangères, quand elles le peuvent, préfèrent recourir à l'arbitrage plutôt qu'au juge de commerce. Quant au nombre d'emplois perdus du fait de mauvaises pratiques qui ajoutent encore aux difficultés des entreprises, il est difficile à évaluer. L'organisation française de la justice commerciale, unique en Europe, est plus un handicap qu'un atout pour l'économie.

Nous proposons, pour commencer, qu'un juge professionnel, issu de l'école de la magistrature, siège dans les tribunaux de commerce aux côtés des juges représentant les entreprises et les salariés, sur un modèle qui existe déjà pour le départage prudhommal.

PRÉFETS ET COLLECTIVITÉS LOCALES

De nombreux actes des collectivités territoriales doivent être transmis au préfet pour qu'il vérifie qu'ils sont conformes. C'est le cas notamment des permis de construire, des autorisations d'occupation du territoire, du recrutement d'agents contractuels, des conventions concernant des marchés ou des délégations de service public.

En cas d'irrégularité, le préfet demande à la collectivité de retirer l'acte. À défaut, il peut saisir le tribunal administratif. Ce rôle est essentiel, car il est difficile pour un citoyen d'agir. C'est d'autant plus important que certains actes administratifs irréguliers constituent des abus de pouvoir et révèlent des infractions. Pourtant, combien de rémunérations illégales, combien de proches embauchés, combien de marchés donnés encore et toujours aux mêmes sociétés ?

Le problème est que les préfets n'ont pas les moyens d'assurer cette mission. Un rapport d'information du Sénat constatait ainsi que le contrôle de légalité est devenu « une passoire à géométrie variable ». Il relève que « les élus et fonctionnaires territoriaux contestent l'effectivité, l'efficacité, l'utilité d'un contrôle de légalité en déliquescence ». Difficile de dire mieux. Et pourtant, rien ne change.

De nombreux actes ne sont pas contrôlés, faute de temps, d'expertise suffisante des agents ou de transmissions efficaces entre les sous-préfectures et les préfectures. La supervision des contrôles est globalement inexistante et ne permet pas d'avoir une assurance raisonnable sur leur qualité.

Rien ne peut être attendu des préfectures qui ont accompagné cette dégradation. D'autant plus qu'un exercice effectif du contrôle de légalité place le préfet dans une situation délicate au regard des élus : il peut subir des conséquences sur sa carrière s'il fait des vagues.

C'est pourquoi nous proposons de confier ce contrôle à une autorité départementale indépendante, qui serait créée auprès des juridictions administratives. Cela ne changerait rien à la mission des services de l'État et, notamment, à la possibilité d'apporter une assistance juridique aux collectivités locales. En revanche, en cas d'irrégularité, la réponse de l'État ne dépendrait que de magistrats et d'agents indépendants et impartiaux.

L'insuffisance des moyens de la justice peut être comparée à celle de la plupart des services publics : les hôpitaux, les universités, les écoles, la recherche, la culture, la police sont en souffrance. Tout ne peut être réduit à une question de moyens, mais la perte de ressources pour l'État y a sa part. La fraude, l'évasion et l'optimisation fiscales y sont pour beaucoup.

POUR UNE AUTORITÉ DE LA PROBITÉ PUBLIQUE

Pour Roberto Scarpinato, ancien procureur général de Palerme, lutter contre la corruption, c'est « faire tomber une mise en scène dans laquelle le pouvoir se tient hors de portée du peuple, où il s'autorise la transgression des lois et le refus des règles communes. C'est une bataille entre le pays légal et le pays illégal, une guerre totale ayant pour enjeu le futur même de la démocratie et de la nation. C'est un processus complexe de transformation et de restructuration du pouvoir, qui est aussi en train de se réaliser dans tous les pays européens[17] ».

Pour prévenir la corruption, le législateur a créé, au fur et à mesure que les problèmes se posaient, une mosaïque d'intervenants : la Haute Autorité pour la transparence de la vie publique, l'Agence française anticorruption, la Commission nationale des comptes de campagne et des financements politiques, Tracfin… Mais faute de coopération entre les différentes administrations et autorités, celles-ci ne sont pas toujours en mesure d'apprécier la gravité des éléments qui leur sont communiqués.

C'est pourquoi nous plaidons pour la création d'une Autorité de la probité. Cette autorité devrait définir une stratégie nationale pour la probité, qui pourrait être débattue au Parlement. Elle pourrait aussi permettre aux services concernés d'échanger sur les bonnes pratiques, de définir des priorités, voire d'examiner les dossiers sur lesquels ils œuvrent en parallèle. Comme le Défenseur des droits, l'Autorité de la probité devrait être inscrite dans la Constitution, afin de garantir son indépendance d'action.

4. RENDRE LE POUVOIR AUX CITOYENS

L'article 6 de la Déclaration des droits de l'homme et du citoyen de 1789 proclame : « La Loi est l'expression de la volonté générale. Tous les citoyens ont droit de concourir personnellement, ou par leurs représentants, à sa formation. »

L'objectif initial d'Anticor est la réhabilitation de la démocratie représentative. Nous ne l'avons pas perdu de vue. Mais la sauvegarde des acquis démocratiques ne peut aujourd'hui se limiter à la démocratie représentative. C'est pourquoi nous avons intégré à notre plaidoyer le référendum d'initiative citoyenne (RIC). L'objectif est d'élargir le champ des possibles. Car on ne peut pas se borner à des techniques héritées du XIXe siècle pour résoudre les problèmes du XXIe siècle. Vivre en démocratie ne peut se limiter à mettre un bulletin dans l'urne. En démocratie, la souveraineté appartient aux citoyens. Tous les autres pouvoirs procèdent de cette souveraineté. Nous ne devons jamais l'oublier.

Le refus du RIC est souvent motivé par le risque que le peuple se trompe. Mais se tromperait-il plus que ses dirigeants ? Certains craignent une production législative soumise à l'opinion du moment. Toutefois, les lois de circonstance, l'usage quasi systématique de la procédure d'urgence et les nombreuses lois habilitant le gouvernement à légiférer par ordonnance favorisent bien plus l'inflation législative. Sur la période 2017-2020, 298 ordonnances ont été adoptées : ce sont des textes ayant valeur de loi qui ne font l'objet d'aucun débat. Seuls 64 étaient en lien avec la crise sanitaire.

La loi est aujourd'hui complexe, foisonnante et instable. Le RIC, qui ne pourrait intervenir qu'à la condition de réunir un grand nombre de soutiens et au terme d'un débat public, devrait plutôt contribuer à la qualité de la loi.

D'autres pays pratiquent le référendum populaire. Aux États-Unis, de nombreux États permettent de soumettre aux électeurs, tous les deux ans, en même temps que l'élection de leurs représentants, des questions qui ont recueilli le soutien d'un pourcentage donné de citoyens. En Italie, le référendum abrogatif a permis de supprimer des lois votées par les partisans de Silvio Berlusconi dites « d'empêchement légitime », qui organisaient l'immunité pénale du président du Conseil. Le peuple mandate les élus. Il doit pouvoir, dans certaines circonstances exceptionnelles, révoquer l'élu qu'il a mandaté quand celui-ci manque à ses devoirs. En France, ce serait juste une application concrète de l'article 2 de la Constitution de 1958 : « gouvernement du peuple, par le peuple et pour le peuple ».

Le RIC est aussi un instrument d'éthique démocratique. Le RIC législatif permettrait d'adopter des lois que les parlementaires hésitent à voter : par exemple, la loi sur l'obligation de présenter un casier judiciaire vierge, sur les relations avec les lobbies ou sur le financement de la vie politique. Le RIC abrogatif permettrait de supprimer des lois scélérates, comme la loi sur le secret des affaires ou celle qui restreint abusivement la liberté de manifester. Enfin, le

RIC constituant imposerait de soumettre au peuple toute modification de la Constitution.

Évidemment, beaucoup dépendra de la qualité et du temps du débat, de la possibilité pour les organisations qui appellent au référendum de faire entendre leur voix, et peut-être aussi de la possibilité de faire coïncider l'élection représentative avec un référendum sur une ou plusieurs questions. Le RIC n'est pas une panacée, mais il permet une respiration démocratique.

RIEN N'EST PLUS IMMINENT QUE L'IMPOSSIBLE

Les citoyens ressentent de plus en plus douloureusement la brûlure de la corruption et le pouvoir dont ils ont été dépossédés.

Plusieurs peuples se sont récemment mobilisés contre la corruption. En Géorgie, en Albanie, au Brésil, en Roumanie, d'importantes manifestations de rue ont dénoncé la corruption des dirigeants et demandé leur départ. En Arménie, le président Armen Sarkissian a renoncé au pouvoir en 2018 avant de répondre devant la justice de faits de corruption. En Afrique du Sud, le président Jacob Zuma a dû démissionner et dix-huit chefs d'inculpations pour corruption et fraude ont été retenus contre lui. En 2020, en Israël, le Premier ministre en exercice, Benyamin Nétanyahou, a dû répondre d'accusations de corruption et de malversations devant la justice. En Slovaquie, un parti anticorruption a remporté les élections législatives en 2020. Au Liban, les manifestations de rue ont conduit à une démission du gouvernement en octobre 2019, la corruption endémique contribuant à une des plus graves crises économiques du pays. En 2021, le Premier ministre de la République tchèque a été battu aux élections après la révélation, par les Pandora Papers, de ses avoirs détenus à l'étranger et non déclarés dans son pays.

Václav Havel, lors de sa prise de pouvoir en 1990, prononçait un discours qui nous inspire aujourd'hui encore : « Notre pays ne fleurit pas. [...] Le grand potentiel créateur et spirituel de nos nations n'est pas utilisé comme il se doit. [...] Le pire est que nous vivons dans un milieu moral pourri. Peu d'entre nous ont été capables d'exprimer à haute voix que les puissants ne devraient pas être omnipuissants. [...] La liberté et la démocratie, cela signifie la participation et la responsabilité de tous. Si nous nous en rendons compte l'espoir reviendra dans nos cœurs. »

Margaret Mead le dit autrement : « Ne doutez jamais qu'un petit groupe de personnes peut changer le monde. En fait, c'est toujours ainsi que le monde a changé. »

Une défiance généralisée des citoyens envers leurs responsables politiques et administratifs pourrait annoncer la fin de la démocratie représentative, transformant les élections en rendez-vous désabusés.

Pourtant, les citoyens peuvent aussi résister. Quelles que soient leurs opinions politiques, ils peuvent prendre vigoureusement et absolument parti pour l'éthique. Ils le peuvent et ils le devraient, car il n'y a pas de bon gouvernement sans exemplarité et pas de société corrompue heureuse.

Les citoyens sauront-il reprendre le pouvoir ? Peut-être, comme l'écrivait Victor Hugo que « rien n'est plus imminent que l'impossible ». Nous savons que notre combat est difficile et incertain, mais il n'est pas perdu d'avance. Petit à petit, les citoyens reprennent le pouvoir.

À travers les associations anticorruption, ils organisent leur résistance. Ils lancent l'alerte, saisissent le parquet, se constituent partie civile, demandent des comptes. Ils contribuent à ouvrir un nouveau champ des possibles.

Reste à transmettre ce message à ceux qui ont l'ambition de nous représenter.

ÉRIC ALT, ÉLISE VAN BENEDEN

NOTES

1. Georges Bernanos, *Les Enfants humiliés*, Gallimard, 1949.

2. Commission européenne, *Rapport anticorruption de l'UE*, février 2014.

3. Julia Cagé, *Le Prix de la démocratie*, Fayard, 2018.

4. Stéphane Horel, *Lobbytomie, comment les lobbies empoisonnent nos vies et la démocratie*, La Découverte, 2018.

5. Vincent Jauvert, *Les Voraces, les élites et l'argent sous Macron*, Robert Laffont, 2020.

6. Cour des comptes, *Le Recours par l'État aux conseils extérieurs*, communication à la commission des finances du Sénat, 12 mars 2015.

7. Vincent Jauvert, *Les Voraces, op. cit.*

8. Jeremy Bentham, *Tactique des assemblées politiques délibérantes*, Bruxelles, 1840.

9. Conseil de l'Europe, *La Corruption dans les marchés publics*, octobre 1997.

10. Annexe au *Rapport anticorruption de l'UE*, 3 février 2014, Com (2014) 38. La Commission retient une acception large de la notion de commande publique.

11. Solidaires-Finances publiques, *La Fraude fiscale nuit gravement*, novembre 2019.

12. Th. Torslov, L Wier et G. Zucman, *The Missing Profits of Nations*, avril 2020.

13. Thomas Picketty (blog) : « Le G7 légalise le droit de frauder », 15 juin 2021.

14. Cour des comptes, *La Fraude aux prélèvements obligatoires ; Évaluer, prévenir, réprimer*, novembre 2019.

15. Pierre Rosanvallon, *Le Bon Gouvernement*, Seuil, 2015.

16. Rapport de la CEPEJ, 2020.

17. Roberto Scarpinato, *Le Retour du Prince*, La Contre-Allée, 2012.

DANS LA COLLECTION « TRACTS/GALLIMARD »

Nº 1 RÉGIS DEBRAY, **L'EUROPE FANTÔME**, FÉVRIER 2019
Nº 2 ERRI DE LUCA, **EUROPE, MES MISES À FEU**, MARS 2019
Nº 3 PIERRE BERGOUNIOUX, **FAUTE D'ÉGALITÉ**, MARS 2019
Nº 4 FRANÇOIS GARDE, **LA POSITION DES PÔLES**, AVRIL 2019
Nº 5 DANIÈLE SALLENAVE, **JOJO, LE GILET JAUNE**, AVRIL 2019
Nº 6 CYNTHIA FLEURY, **LE SOIN EST UN HUMANISME**, MAI 2019
Nº 7 SYLVIANE AGACINSKI, **L'HOMME DÉSINCARNÉ**, JUIN 2019
Nº 8 FRANÇOIS SUREAU, **SANS LA LIBERTÉ**, SEPTEMBRE 2019
Nº 9 HÉLÉ BÉJI, **DOMMAGE, TUNISIE**, OCTOBRE 2019
Nº 10 ARTHUR DÉNOUVEAUX & ANTOINE GARAPON, **VICTIMES, ET APRÈS ?**, NOVEMBRE 2019
Nº 11 RENÉ FRÉGNI, **CARNETS DE PRISON**, DÉCEMBRE 2019
Nº 12 STÉPHANE VELUT, **L'HÔPITAL, UNE NOUVELLE INDUSTRIE**, JANVIER 2020
Nº 13 DIDIER DAENINCKX, **MUNICIPALES. BANLIEUE NAUFRAGÉE**, FÉVRIER 2020
Nº 14 ARUNDHATI ROY, **AU-DEVANT DES PÉRILS**, MARS 2020
Nº 15 OLIVIER REY, **L'IDOLÂTRIE DE LA VIE**, JUIN 2020
Nº 16 PATRICE FRANCESCHI, **AVEC LES KURDES**, JUILLET 2020
Nº 17 ÉTIENNE KLEIN, **LE GOÛT DU VRAI**, JUILLET 2020
Nº 18 PHILIPPE FOREST, **L'UNIVERSITÉ EN PREMIÈRE LIGNE**, SEPTEMBRE 2020
Nº 19 NAJAT VALLAUD-BELKACEM & SANDRA LAUGIER, **LA SOCIÉTÉ DES VULNÉRABLES**, SEPTEMBRE 2020
Nº 20 OLIVIER ASSAYAS, **LE TEMPS PRÉSENT DU CINÉMA**, OCTOBRE 2020
Nº 21 RENAUD GIRARD & JEAN-LOUP BONNAMY, **QUAND LA PSYCHOSE FAIT DÉRAILLER LE MONDE**, OCTOBRE 2020
Nº 22 DIDIER LESCHI, **CE GRAND DÉRANGEMENT**, NOVEMBRE 2020
Nº 23 BARBARA STIEGLER, **DE LA DÉMOCRATIE EN PANDÉMIE**, JANVIER 2021
Nº 24 FABRICE HUMBERT, **LES MOTS POUR LE DIRE**, FÉVRIER 2021
Nº 25 ALESSANDRO BARICCO, **CE QUE NOUS CHERCHONS**, MARS 2021
Nº 26 CHRISTIAN THOREL, **ESSENTIELLES LIBRAIRIES**, AVRIL 2021
Nº 27 PHILIPPE VIDELIER, **PLAIDOYER POUR LES CHIENS, BÂTARDS, FILS DE CHIENNES**, AVRIL 2021
Nº 28 XAVIER GORCE, **RAISON ET DÉRISION**, MAI 2021
Nº 29 NATHALIE HEINICH, **CE QUE LE MILITANTISME FAIT À LA RECHERCHE**, MAI 2021
Nº 30 GÉRARD PRUNIER, **CADAVRES NOIRS**, JUILLET 2021
Nº 31 STÉPHANE VELUT, **LA MORT HORS LA LOI**, OCTOBRE 2021
Nº 32 VINCENT DUCLERT, **PREMIERS COMBATS**, NOVEMBRE 2021
Nº 33 ALAIN BADIOU, **REMARQUES SUR LA DÉSORIENTATION DU MONDE**, JANVIER 2022
Nº 34 COLLECTIF, **ZEMMOUR CONTRE L'HISTOIRE**, FÉVRIER 2022
Nº 35 HUGO MICHERON, **JIHADISME EUROPÉEN**, MARS 2022

GRAND FORMAT « TRACTS/GALLIMARD »

RÉGIS DEBRAY, **LE SIÈCLE VERT**, JANVIER 2020
JEAN-NOËL JEANNENEY, **VIRUS ENNEMI**, JUIN 2020
ALICE KAPLAN, **TURBULENCES, USA**, OCTOBRE 2020
DANIÈLE SALLENAVE, **PAROLE EN HAUT SILENCE EN BAS**, JANVIER 2021
ALAIN BORER, **« SPEAK WHITE ! »**, AVRIL 2021

HORS SÉRIE « TRACTS/GALLIMARD »

COLLECTIF, **TRACTS DE CRISE**, JUIN 2020

À l'heure du soupçon, il y a deux attitudes possibles. Celle de la désillusion et du renoncement, d'une part, nourrie par le constat que le temps de la réflexion et celui de la décision n'ont plus rien en commun ; celle d'un regain d'attention, d'autre part, dont témoignent le retour des cahiers de doléances et la réactivation d'un débat d'ampleur nationale. Notre liberté de penser, comme au vrai toutes nos libertés, ne peut s'exercer en dehors de notre volonté de comprendre.

Voilà pourquoi la collection « Tracts » fera entrer les femmes et les hommes de lettres dans le débat, en accueillant des essais en prise avec leur temps mais riches de la distance propre à leur singularité. Ces voix doivent se faire entendre en tous lieux, comme ce fut le cas des grands « tracts de la NRF » qui parurent dans les années 1930, signés par André Gide, Jules Romains, Thomas Mann ou Jean Giono – lequel rappelait en son temps : « Nous vivons les mots quand ils sont justes. »

Puissions-nous tous ensemble faire revivre cette belle exigence.

ANTOINE GALLIMARD

TRACTS

PEFC 10-31-2541
Certifié PEFC
pefc-france.org

CE TRACT, COMPOSÉ EN TUNGSTEN ET CASLON,
A ÉTÉ ACHEVÉ D'IMPRIMER PAR NORMANDIE ROTO IMPRESSION S.A.S.
EN MARS 2022, À LONRAI EN FRANCE SUR UN PAPIER CERTIFIÉ PEFC
PROVENANT DE FORÊTS DURABLEMENT GÉRÉES.

DÉPOT LÉGAL : MARS 2022

N°ÉDITION : 544518 / N°IMPRIMEUR : 2201071